冰心（1900—1999）

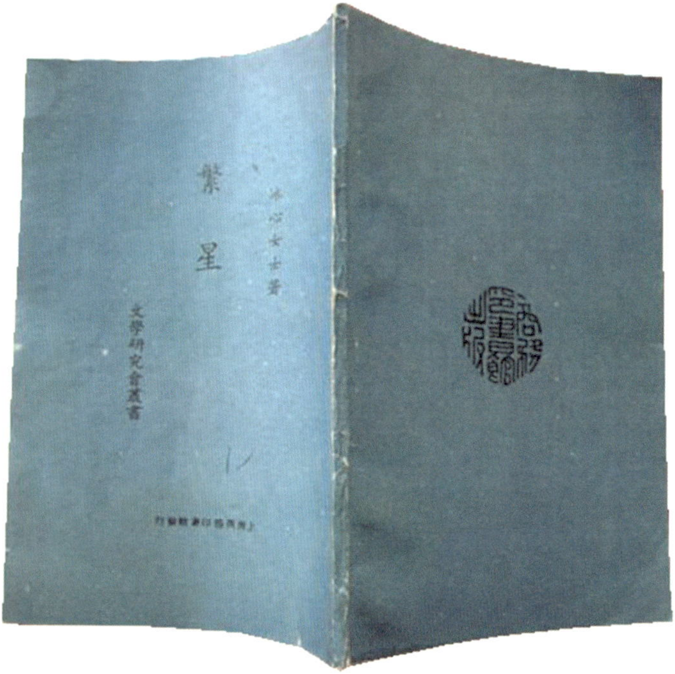

《繁星》初版本（1923 年，上海商务印书馆）

《春水》初版本（1923 年，北京新潮社）

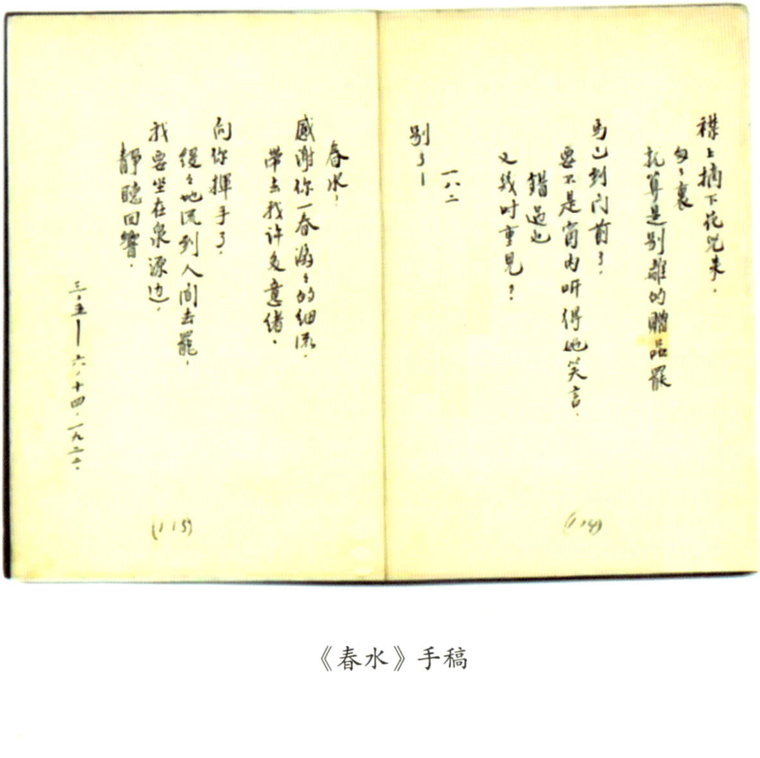

襟上摘下花儿来，
匆匆里
只算是别离的赠品罢
马儿到门前了，
要不是窗内听得她笑言，
错过也
又几时重见？
一六二
别了！
春水！
感谢你一春潺潺的细流，
带去我许多意绪。
向你挥手了，
缓缓地流到人间去罢。
我要坐在泉源边，
静听回响。
三·五——六，十四，一九二二。
(115)
(114)

《春水》手稿

新文学丛刊　陈子善 主编

繁星 春水

冰心 著

北京燕山出版社

出版说明

一、本丛书名“新文学丛刊”，源自巴金先生上个世纪三十年代主编的“文学丛刊”。如此命名，一是向巴金先生及其主编的“文学丛刊”致敬，二是继承“文学丛刊”的文学精神，接续中国现代文学的文脉。

二、本丛书收录一九一七年新文学发轫至二〇〇〇年中国现当代文学之经典作品（含港澳台地区）。

三、入选作品以原始单行本为主，个别篇幅较小者，则以合集形式出版。

四、入选作品均以初版本为底本，为保留作品的原始文字风格和时代特点，不依现代汉语规范其字词、标点、语法、人名、地名、术语、译名等。初版本中的作者笔误、排印错误、外文拼写错误等，则予以改正。

五、本书系设置前插与附录，前插展示与作者、作品相关的资料性图片，如作者肖像、作者手迹、初版本书影等；附录收入与作品创作、修订、解读、版本研究相关的文章。入选作品如有经典的、具有艺术影响力的插图作品，也予以收入。

目录

CONTENTS

总序 / 001

繁星 / 001

春水 / 065

附录

我是怎样写《繁星》和《春水》的 / 143

总　序

陈子善

早在六十年前，新文学收藏家、翻译家周煦良先生写过一篇有名的《读初版书》。他认为：

> 一般说来，收藏初版书的动机不外两种：以书重和以人重。一本书受到广大读者的欢迎，印过许多版子，被公认为名著，于是这本书的初版便受到重视了；一个成名的作家拥有许多读者，有些读者专门收集这位作家的作品，于是他的一些早年不出名的著作也就在搜罗之列了，甚至具有更高的收藏价值，因为印行较少的缘故。①

① 周煦良：《谈初版书》，上海：《文汇报·笔会》，一九五六年十一月十三日、十四日。转引自《周煦良文集（一）·舟斋集》，上海译文出版社，二〇〇七年，第三百五十页。

他甚至用诗一般的语言来形容文学作品的初版本:

> 初版书所以受到藏书家的珍爱,除了上述理由之外,还因为它是最初和世人见面的本子;在书迷的眼中,仿佛只有它含有作者的灵魂,而其他重版本只能看作是影子。①

当然,周煦良先生主要是从收藏的角度来讨论文学作品的初版本。然而,如果从鉴赏的角度、从研究中国现当代文学史的角度来看待初版本,其至关重要的不可替代的学术价值也是不言而喻的。

一部文学创作的初版本,无论小说集、诗集、散文集、剧本还是评论集,都是这部作品最初与读者见面的文本,也即这部作品得以行世的初始面貌。此后如果重印,二版、三版、四版……由于各种各样的甚至极为复杂的原因,作者很可能对初版本进行修改、增删、调整,除了正文的修订,还包括序跋的增删、书名的更换,装帧的变动等。这就在这部作品的初始文本与以后的各种文本之间形成一种张力,一种可供进一步阐释的甚至是完全不同理解的张力。对之进行系统研究,从手稿到初版本到以后各种不同版本的系统研究,即西方文学理论所谓"文本发生学"

---

① 周煦良:《谈初版书》,上海:《文汇报·笔会》,一九五六年十一月十三日、十四日。转引自《周煦良文集(一)·舟斋集》,上海译文出版社,二〇〇七年,第三百五十一页。

的研究。[①] 又因为二版以后的版本随着印数的提高容易流传开来，许多新文学作品的初版本，虽然极为重要，却往往反而湮没不彰。

由此可见，要研究中国现当代文学史，探讨文学史上的一部重要作品，就不能不关注该作品的版本变迁，而要关注该作品的版本变迁，就不能不特别注重其初版本。"五四"新文学勃兴以来的名著，如鲁迅《呐喊》、胡适《尝试集》、郭沫若《女神》、郁达夫《沉沦》、徐志摩《志摩的诗》、巴金《家》、茅盾《子夜》、沈从文《边城》、曹禺《雷雨》、老舍《骆驼祥子》、张爱玲《传奇》、钱锺书《围城》等的初版本，近年来就越来越受到学界和许多现代文学作品爱好者的关注。以初版本为底本，对这些名著进行比勘、汇校和释读的工作，即现当代文学的版本学研究，也比以往任何时候都得到重视。

鉴于此，为了给中国现当代文学研究者提供已经不易见到的重要作品的初版本，也为了使一般读者特别是青年读者增加阅读现当代文学作品的兴趣，我们策划编选了这套"新文学丛刊"。丛书包括中国现当代文学史上已有定评的小说、散文集、诗集、剧本乃至评论集的初版本，也注意发掘尚未被文学史家注意但确实具有艺术特色的作品的初版本。

---

① 英国文学理论家拉曼·塞尔登认为："版本目录学考察一个文本从手稿到成书的演化过程，从而探寻种种事实证据，了解作者创作意图、审核形式、创作中的合作与修订等问题，从二十世纪八十年代出现的这种考察程序一般被称作'发生学研究'（Genetic Criticism）。"参见《结论：后理论》《当代文学理论导读》，刘象愚译，北京大学出版社，二〇〇六年，第三百三十二页。

我们希望这套丛书的陆续出版，将形成一个独特的系列，有利于中国现当代文学的教学和研究，从而对深入梳理丰富而又复杂的中国现当代文学史有所推动，对中国现当代文学经典作品更好地传播有所助益。

期待海内外广大读者的批评指教。

诗集《繁星》最初发表于一九二二年北京《晨报副镌》，一九二三年一月由上海商务印书馆初版，共收录小诗一百六十四首。

诗集《春水》最初发表于一九二二年北京《晨报副镌》，一九二三年五月由北京新潮社初版，共收录小诗一百八十二首。

本书据两书初版本重排。

繁星

自　　序

一九一九年的冬夜，和弟弟冰仲围炉读太戈尔(R. Tagore)的《迷途之鸟》(*Stray Birds*)，冰仲和我说："你不是常说有时思想太零碎了，不容易写成篇段么？其实也可以这样的收集起来。"从那时起，我有时就记下在一个小本子里。

一九二〇年的夏日，二弟冰叔从书堆里，又翻出这小本子来。他重新看了，又写了"繁星"两个字，在第一页上。

一九二一年的秋日，小弟弟冰季说，"姊姊！你这些小故事，也可以印在纸上么？"我就写下末一段，将他发表了。

是两年前零碎的思想，经过三个小孩子的鉴定。《繁星》的序言，就是这个。

冰　心

九.一.一九二一

一

繁星闪烁着——

　深蓝的太空，

　何曾听得见他们对语？

沉默中，

　微光里，

　　他们深深的互相颂赞了。

二

童年呵！

是梦中的真，

　是真中的梦，

　是回忆时含泪的微笑。

三

万顷的颤动——

　深黑的岛边，

月儿上来了，
生之源，
死之所！

四

小弟弟呵！
我灵魂中三颗光明喜乐的星。
温柔的，
无可言说的，
灵魂深处的孩子呵！

五

黑暗，
怎样幽深的描画呢？
心灵的深深处，
宇宙的深深处，
灿烂光中的休息处。

六

镜子——
　对面照着，
反而觉得不自然，
　不如翻转过去好。

七

醒着的，
　只有孤愤的人罢！
听声声算命的锣儿，
　敲破世人的命运。

八

残花缀在繁枝上；
鸟儿飞去了，
　撒得落红满地——
　　生命也是这般的一瞥么？

九

梦儿是最瞒不过的呵！
清清楚楚的，
　诚诚实实的，
　　告诉了
你自己灵魂里的密意和隐忧。

一〇

嫩绿的芽儿，
　和青年说：
“发展你自己！”

淡白的花儿，
　和青年说：
“贡献你自己！”

深红的果儿，
　和青年说：

"牺牲你自己!"

一一

无限的神秘,
　何处寻他?
微笑之后,
　言语之前,
　　便是无限的神秘了。

一二

人类呵!
相爱罢,
　我们都是长行的旅客,
　　向着同一的归宿。

一三

一角的城墙,
　蔚蓝的天,

极目的苍茫无际——

即此便是天上——人间。

一四

我们都是自然的婴儿，

卧在宇宙的摇篮里。

一五

小孩子！

你可以进我的园，

你不要摘我的花——

看玫瑰的刺儿，

刺伤了你的手。

一六

青年人呵！

为着后来的回忆，

小心着意的描你现在的图画。

一七

我的朋友！
为什么说我“默默”呢？
世间原有些作为，
　超乎语言文字以外。

一八

文学家呵！
着意的撒下你的种子去，
　随时随地要发现你的果实。

一九

我的心，
　孤舟似的，
　穿过了起伏不定的时间的海。

二〇

幸福的花枝，
　在命运的神的手里，
　　寻觅着要付与完全的人。

二一

窗外的琴弦拨动了，
　我的心呵！
怎只深深的绕在余音里？
是无限的树声，
　是无限的月明。

二二

生离——
　是朦胧的月日，
死别——
　是憔悴的落花。

二三

心灵的灯，
　在寂静中光明，
　　在热闹中熄灭。

二四

向日葵对那些未见过白莲的人，
　承认他们是最好的朋友。
白莲出水了，
　向日葵低下头了；
她亭亭的傲骨，
　分别了自己。

二五

死呵！
起来颂扬他：
是沉默的终归，

是永远的安息。

二六

高峻的山巅，
深阔的海上——
是冰冷的心，
是热烈的泪；
可怜微小的人呵！

二七

诗人，
是世界幻想上最大的快乐，
也是事实中最深的失望。

二八

故乡的海波呵！
你那飞溅的浪花，
从前怎样一滴一滴的敲我的磐石，

现在也怎样一滴一滴的敲我的心弦。

二九

我的朋友，
　对不住你；
我所能付与的慰安，
　只是严冷的微笑。

三〇

光阴难道就这般的过去么？
除却缥缈的思想之外，
　一事无成！

三一

文学家是最不情的——
　人们的泪珠，
　　便是他的收成。

三二

玫瑰花的刺，
　是攀摘的人的嗔恨，
　是她自己的慰乐。

三三

母亲呵！
撇开你的忧愁，
　容我沉酣在你的怀里，
　只有你是我灵魂的安顿。

三四

创造新陆地的，
　不是那滚滚的波浪，
　却是他底下细小的泥沙。

三五

万千的天使，
　要起来歌颂小孩子；
小孩子！
他细小的身躯里，
　含着伟大的灵魂。

三六

阳光穿进石隙里，
　和极小的刺果说：
“借我的力量伸出头来罢，
　解放了你幽囚的自己！”

树干儿穿出来了，
　坚固的磐石，
　裂成两半了。

三七

艺术家呵！
你和世人，
  难道终久的隔着一重光明之雾？

三八

井栏上，
  听潺潺山下的河流——
    料峭的天风，
      吹着头发；
天边——地上，
  一回头又添了几颗光明，
    是星儿，
    还是灯儿？

三九

梦初醒处，

山下几叠的云衾里，
  瞥见了光明的她。
朝阳呵！
临别的你，
  已是堪怜，
    怎似如今重见！

四〇

我的朋友！
你不要轻信我，
  贻你以无限的烦恼，
    我只是受思潮驱使的弱者呵！

四一

夜已深了，
  我的心门要开着——
一个浮踪的旅客，
  思想的神，
    在不意中要临到了。

四二

云彩在天空中，
　人在地面上——
思想被事实禁锢住，
　便是一切苦痛的根源。

四三

真理，
　在婴儿的沉默中，
　不在聪明人的辩论里。

四四

自然呵！
请你容我只问一句话，
　一句郑重的话：
“我不曾错解了你么？”

四五

言论的花儿
　开得愈大，
行为的果子
　结得愈小。

四六

松枝上的蜡烛，
　依旧照着罢！
反复的调儿，
　弹再一阕罢！
等候着，
　远别的弟弟，
　　从夜色里要到门前了。

四七

儿时的朋友：

海波呵，
　山影呵，
　　灿烂的晚霞呵，
　　　悲壮的喇叭呵；
我们如今是疏远了么？

四八

弱小的草呵！
骄傲些罢，
　只有你普遍的装点了世界。

四九

零碎的诗句，
　是学海中的一点浪花罢；
然而他们是光明闪烁的，
　繁星般嵌在心灵的天空里。

五〇

不恒的情绪，
　要迎接他么？
他能涌出意外的思潮，
　要创造神奇的文字。

五一

常人的批评和断定，
　好像一群瞎子，
　　在云外推测着月明。

五二

轨道旁的花儿和石子！
只这一秒的时间里，
　我和你
　　是无限之生中的偶遇，
　　　也是无限之生中的永别；

再来时，
　万千同类中，
　　何处更寻你？

五三

我的心呵！
警醒着，
　不要卷在虚无的旋涡里！

五四

我的朋友！
起来罢，
　晨光来了，
　　要洗你的隔夜的灵魂。

五五

成功的花，
　人们只惊慕她现时的明艳！

然而当初她的芽儿，

浸透了奋斗的泪泉，

洒遍了牺牲的血雨。

五六

夜中的雨，

丝丝的织就了诗人的情绪。

五七

冷静的心，

在任何环境里，

都能建立了更深微的世界。

五八

不要羡慕小孩子，

他们的知识都在后头呢，

烦闷也已经隐隐的来了。

五九

谁信一个小“心”的呜咽。
　颤动了世界？
然而他是灵魂海中的一滴。

六〇

轻云淡月的影里，
　风吹树梢——
　　你要在那时创造你的人格。

六一

风呵！
不要吹灭我手中的蜡烛，
　我的家远在这黑暗长途的尽处。

六二

最沉默的一刹那顷，
　是提笔之后，
　　下笔之前。

六三

指点我罢，
　我的朋友！
我是横海的燕子，
　要寻觅隔水的窝巢。

六四

聪明人！
要堤防的是：
忧郁时的文字，
　愉快时的言语。

六五

造物者呵!
谁能追踪你的笔意呢?
百千万幅图画,
　　每晚窗外的落日。

六六

深林里的黄昏,
　　是第一次么?
又好似是几时经历过。

六七

渔娃!
可知道人羡慕你?
终身的生涯,
　　是在万顷柔波之上。

六八

诗人呵!
缄默罢;
写不出来的,
　是绝对的美。

六九

春天的早晨,
　怎样的可爱呢!
融冶的风,
　飘扬的衣袖,
　　静悄的心情。

七〇

空中的鸟!
何必和笼里的同伴争噪呢?
你自有你的天地。

七一

这些事——
　是永不漫灭的回忆；
月明的园中，
　藤萝的叶下，
　　母亲的膝上。

七二

西山呵！
别了！
我不忍离开你，
　但我苦忆我的母亲。

七三

无聊的文字，
　抛在炉里，
　也化作无聊的火光。

七四

婴儿，

　是伟大的诗人，

　　在不完全的言语中，

　　吐出最完全的诗句。

七五

父亲呵！

出来坐在月明里，

　我要听你说你的海。

七六

月明之夜的梦呵！

远呢？

近呢？

但我们只这般不言语，

听——听

这微击心弦的声！
眼前光雾万重，
　柔波如醉呵！
沉——沉。

七七

小磐石呵！
坚固些罢，
　准备着前后相催的波浪！

七八

真正的同情，
　在忧愁的时候，
　不在快乐的期间。

七九

早晨的波浪，
　已经过去了；

晚来的潮水，
　又是一般的声音。

八〇

母亲呵！
我的头发，
　披在你的膝上，
　　这就是你付与我的万缕柔丝。

八一

深夜！
请你容疲乏的我，
　放下笔来，
　　和你有少时寂静的接触。

八二

这问题很难回答呵，
　我的朋友！

什么可以点缀了你的生活？

八三

小弟弟！
你恼我么？
灯影下，
　我只管以无稽的故事，
　　来骗取你，
绯红的笑颊，
　凝注的双眸。

八四

寂寞呵！
多少心灵的舟，
　在你软光中浮泛。

八五

父亲呵！

我愿意我的心，
　像你的佩刀，
　　这般的寒生秋水！

八六

月儿越近，
　影儿越浓，
　　生命也是这般的真实么？

八七

知识的海中，
　神秘的礁石上，
　　处处闪烁着怀疑的灯光呢，
感谢你指示我，
　生命的舟难行的路！

八八

冠冕？

是暂时的光辉，

　是永久的束缚。

八九

花儿低低的对看花的人说：

“少顾念我罢，

　我的朋友！

让我自己安静着，

　开放着，

　　你们的爱

是我的烦扰。”

九〇

坐久了，

　推窗看海罢！

将无边感慨，

　都付与天际微波。

九一

命运！
难道聪明也抵抗不了你？
生——死
　都挟带着你的权威。

九二

朝露还串珠般呢！
去也——
　风冷衣单
　　何曾入到烦乱的心？
朦胧里数着晓星，
　怪驴儿太慢，
　　山道太长——
梦儿欺枉了我，
　母亲何曾病了。
归来也——
　辔儿缓了，

阳光正好，
野花如笑；
看朦胧晓色，
隐着山门。

九三

我的心呵！
是你驱使我呢，
还是我驱使你？

九四

我知道了，
时间呵！
你正一分一分的，
消磨我青年的光阴！

九五

人从枝上折下花儿来，

供在瓶里——
到结果的时候，
却对着空枝叹息。

九六

影儿落在水里，
句儿落在心里，
都一般无痕迹。

九七

是真的么？
人的心只是一个琴匣，
不住的唱着反复的音调！

九八

青年人！
信你自己罢！
只有你自己是真实的，

也只有你能创造你自己。

九九

我们是生在海舟上的婴儿，
　不知道
先从何处来，
　要向何处去。

一〇〇

夜半——
　宇宙的睡梦正浓呢！
独醒的我，
　可是梦中的人物？

一〇一

弟弟呵！
似乎我不应勉强着憨嬉的你，
　来平分我孤寂的时间。

一〇二

小小的花，
　也想抬起头来，
　　感谢春光的爱——
然而深厚的恩慈，
　反使他终于沉默。
母亲呵！
你是那春光么？

一〇三

时间！
现在的我，
　太对不住你么？
然而我所抛撇的是暂时的，
　我所寻求的是永远的。

一〇四

窗外人说桂花开了，
　总引起清绝的回忆；
一年一度，
　中秋节的前三日。

一〇五

灯呵！
感谢你忽然灭了；
在不思索的挥写里，
　替我匀出了思索的时间。

一〇六

老年人对小孩子说：
“流泪罢，
　　叹息罢，
　　　世界多么无味呵！”

小孩子笑着说：

"饶恕我，

　　先生！

我不会设想我所未经过的事。"

小孩子对老年人说：

"笑罢，

　　跳罢，

　　　世界多么有趣呵！"

老年人叹着说：

"原谅我，

　　孩子！

我不忍回忆我所已经过的事。"

一〇七

我的朋友！

珍重些罢，

　不要把心灵中的珠儿，

　　抛在难起波澜的大海里。

一〇八

心是冷的，
　泪是热的；
心——凝固了世界，
　泪——温柔了世界。

一〇九

漫天的思想，
　收合了来罢！
你的中心点，
　你的结晶，
　　要作我的南针。

一一〇

青年人呵！
你要和老年人比起来，
就知道你的烦闷，

是温柔的。

一一一

太单调了么？
琴儿，
　我原谅你！
你的弦，
　本弹不出笛儿的声音。

一一二

古人呵！
你已经欺哄了我，
　不要引导我再欺哄后人。

一一三

父亲呵！
我怎样的爱你，
　也怎样爱你的海。

一一四

“家”是什么，
　我不知道；
但烦闷——忧愁，
　　都在此中融化消灭。

一一五

笔在手里，
　句在心里，
　　只是百无安顿处——
　　远远地却引起钟声！

一一六

海波不住的问着岩石，
　岩石永久沉默着不曾回答；
然而他这沉默，
　已经过百千万回的思索。

一一七

小茅棚，

　菊花的顶子——

　　在那里

　　要感出宇宙的独立！

一一八

故乡！

何堪遥望，

　何时归去呢？

白发的祖父，

　不在我们的园里了！

一一九

谢谢你，

　我的琴儿！

月明人静中，

为我颂赞了自然。

一二〇

母亲呵!
这零碎的篇儿,
　你能看一看么?
这些字,
　在没有我以前,
　　已隐藏在你的心怀里。

一二一

露珠,
　宁可在深夜中,
　　和寒花作伴——
　却不容那灿烂的朝阳,
　　给她丝毫暖意。

一二二

我的朋友！
真理是什么，
　感谢你指示我；
然而我的问题，
　不容人来解答。

一二三

天上的玫瑰，
　红到梦魂里；
天上的松枝，
　青到梦魂里；
天上的文字，
　却写不到梦魂里。

一二四

“缺憾”呵！

“完全”需要你，
　在无数的你中，
　　衬托出他来。

一二五

蜜蜂，
　是能溶化的作家；
从百花里吸出不同的香汁来？
　酿成他独创的甜蜜。

一二六

荡漾的，是小舟么？
青翠的，是岛山么？
蔚蓝的，是大海么？
我的朋友！
重来的我，
　何忍怀疑你，
　　只因我屡次受了梦儿的欺枉。

一二七

流星，
　飞走天空，
　　可能有一秒时的凝望？
然而这一瞥的光明，
　已长久遗留在人的心怀里。

一二八

澎湃的海涛，
　沉黑的山影——
　夜已深了，
　　不出去罢。
看呵！
一星灯火里，
　军人的父亲，
　　独立在旗台上。

一二九

倘若世间没有风和雨，
　这枝上繁花，
　　又归何处？
只惹得人心生烦厌。

一三〇

希望那无希望的事实，
　解答那难解答的问题，
　　便是青年的自杀！

一三一

大海呵！
　那一颗星没有光？
　那一朵花没有香？
　那一次我的思潮里
　　没有你波涛的清响？

一三二

我的心呵！
你昨天告诉我。
　世界是欢乐的，
今天又告诉我，
　世界是失望的。
明天的言语，
　　又是什么？
教我如何相信你！

一三三

我的朋友！
未免太忧愁了么？
“死”的泉水，
　是笔尖下最后的一滴。

一三四

怎能忘却？
夏之夜，
　明月下，
幽栏独倚。
粉红的莲花，
　深绿的荷盖，
　　缟白的衣裳！

一三五

我的朋友！
你曾登过高山么？
你曾临过大海么？
在那里，
　是否只有寂寥？
　只有“自然”无语？
你的心中
　是欢愉还是凄楚？

一三六

风雨后——

　花儿的芬芳过去了，

　　花儿的颜色过去了，

果儿沉默的在枝上悬着。

花的价值，

　要因着果儿而定了！

一三七

聪明人！

抛弃你手里幻想的花罢！

她只是虚无缥缈的，

　反分却你眼底春光。

一三八

夏之夜，

　凉风起了！

襟上兰花气息，
绕到梦魂深处。

一三九

虽然为着影儿相印：
我的朋友！
你宁可对模糊的镜子，
不要照澄澈的深潭，
她是属于自然的！

一四〇

小小的命运，
每日的转移青年；
命运是觉得有趣了，
然而青年多么可怜呵！

一四一

思想，

只容心中游漾。
刚拿起笔来，
神趣便飞去了。

一四二

一夜——
听窗外风声。
可知道寄身山巅？
烛影摇摇，
影儿怎的这般清冷？
似这般山河如墨，
只是无眠——

一四三

心潮向后涌着，
时间向前走着；
青年的烦闷，
便在这交流的旋涡里。

一四四

阶边，

　花底，

　　微风吹着发儿，

　　　是冷也何曾冷！

这古院——

这黄昏——

　这丝丝诗意——

　　　绕住了斜阳和我。

一四五

心弦呵！

弹起来罢——

　让记忆的女神，

　　和着你调儿跳舞。

一四六

文字，
　开了矫情的水闸；
听同情的泉水，
　深深地交流。

一四七

将来，
　明媚的湖光里，
　　可有个矗立的碑？
怎敢这般沉默着——想。

一四八

只这一枝笔儿：
拿得起，
　放得下，
　　便是无限的自然！

一四九

无月的中秋夜，
　是怎样的耐人寻味呢！
隔着层云，
　隐着清光。

一五〇

独坐——
　山下湿云起了。
　　更隔院断续的清磬。
这样黄昏，
　这般微雨，
　　只做就些儿惆怅！

一五一

智慧的女儿！
　向前迎住罢，

“烦闷”来了，
　要败坏你永久的工程。

一五二

我的朋友！
不要任凭文字困苦你；
文字是人做的，
　人不是文字做的！

一五三

是怜爱，
　是温柔，
　　是忧愁——
这仰天的慈像，
　融化了我冻结的心泉。

一五四

总怕听天外的翅声——

小小的鸟呵！
羽翼长成，
　你要飞向何处？

一五五

白的花胜似绿的叶，
　浓的酒不如淡的茶。

一五六

清晓的江头，
　白雾濛濛，
是江南天气，
　雨儿来了——
我只知道有蔚蓝的海，
却原来还有碧绿的江，
　这是我父母之乡！

一五七

因着世人的临照，
　只可以拂拭镜上的尘埃，
　　却不能增加月儿的光亮。

一五八

我的朋友！
雪花飞了，
　我要写你心里的诗。

一五九

母亲呵！
天上的风雨来了，
　鸟儿躲到他的巢里；
心中的风雨来了，
　我只躲到你的怀里。

一六〇

聪明人！
文字是空洞的，
　言语是虚伪的；
你要引导你的朋友，
　只在你
　　自然流露的行为上！

一六一

大海的水，
　是不能温热的；
孤傲的心，
　是不能软化的。

一六二

青松枝，
　红灯彩，

和那柔曼的歌声——
小弟弟！
感谢你付与我，
寂静里的光明。

一六三

片片的云影，
也似零碎的思想么？
然而难将记忆的本儿，
将他写起。

一六四

我的朋友！
别了，
我把最后一页，
留与你们！

春水

自　　序

“母亲呵！
这零碎的篇儿，
　你能看一看么？
这些字，
　在没有我以前，
　已隐藏在你的心怀里。”

——录《繁星》一二〇——

十一，二一，一九二二. 冰心.

一

春水！
　又是一年了，
　还这般的微微吹动，
可以再照一个影儿么？

春水温静的答谢我说：
　“我的朋友！
　我从来未曾留下一个影子，
　　不但对你是如此。”

二

四时缓缓的过去——
百花互相耳语说：
　“我们都只是弱者！
　甜香的梦
　　轮流着做罢，
　憔悴的杯

也轮流着饮罢，
上帝原是这样安排的呵！”

三

青年人！
你不能像风般飞扬，
便应当像山般静止，
浮云似的
无力的生涯，
只做了诗人的资料呵！

四

芦荻，
只伴着这黄波浪么？
趁风儿吹到江南去罢！

五

一道小河

　　平平荡荡的流将下去，
只经过平沙万里——
　　自由的，
　　　沉寂的，
他没有快乐的声音。

一道小河
　　曲曲折折的流将下去，
只经过高山深谷——
　　　险阻的，
　　　　挫折的，
他也没有快乐的声音。

我的朋友！
感谢你解答了
　　我久闷的问题，
平荡而曲折的水流里，
　　青年的快乐
　　　在其中荡漾着了！

六

诗人！
不要委屈了自然罢，
　“美”的图画，
　要淡淡的描呵！

七

一步一步的扶走——
　半隐的青紫的山峰
　怎的这般高远呢？

八

月呵！
　什么做成了你的尊严呢？
深远的天空里，
　只有你独往独来了。

九

倘若我能以达到，
　上帝呵！
何处是你心的尽头，
　可能容我知道？
远了！
　远了！
　我真是太微小了呵！

十

忽然了解是一夜的正中，
白日的心情呵！
　不要侵到这境界里来罢。

十一

南风吹了，
将春的微笑

从水国里带来了！

十二

弦声近了，
  瞽目者来了！
弦声远了，
  无知的人的命运，
  也跟了去么？

十三

白莲花！
  清洁拘束了你了——
但也何妨让同在水里的红莲
  来参礼呢？

十四

自然唤着说：
“将你的笔尖儿

浸在我的海里罢！
人类的心怀太枯燥了。”

十五

沉默里，
充满了胜利者的凯歌！

十六

心呵！
什么时候值得烦乱呢？
为着宇宙，
为着众生。

十七

红墙衰草上的夕阳呵！
快些落下去罢，
你使许多的青年人颓老了！

十八

冰雪里的梅花呵！
　你占了春先了，
看遍地的小花
　随着你零星开放。

十九

诗人！
　笔下珍重罢！
众生的烦闷
　要你来慰安呢。

二十

山头独立，
　宇宙只一人占有了么？

二一

只能提着壶儿
　看她憔悴——
同情的水
　从何灌溉呢？
　她原是栏内的花呵！

二二

先驱者！
　你要为众生开辟前途呵，
　束紧了你的心带罢！

二三

平凡的池水——
　临照了夕阳，
　便成金海！

二四

小岛呵！

　　何处显出你的挺拔呢？

无数的山峰

　　沉沦在海底了。

二五

吹就雪花朵朵

朔风也是温柔的呵！

二六

　　我只是一个弱者！

光明的十字架

　　容我背上罢，

　　我要抛弃了性天里

　　暗淡的星辰！

二七

大风起了！

秋虫的鸣声都息了！

二八

影儿欺哄了众生了，

天以外——

月儿何曾圆缺？

二九

一般的碧绿，

只多些温柔，

西湖呵，

你是海的小妹妹么？

三十

天高了，
　星辰落了，
　晓风又与睡人为难了！

三一

诗人！
自然命令着你呢，
　静下心潮
　　　听他呼唤！

三二

渔舟归来了，
　看江上点点的红灯呵！

三三

墙角的花！
你孤芳自赏时，
　天地便小了。

三四

青年人！
　从白茫茫的地上
　找出同情来罢。

三五

嫩绿的叶儿
　也似诗情么？
颜色一番一番的浓了。

三六

老年人的“过去”，
　青年人的“将来”，
在沉思里
　都是一样呵！

三七

太空！
揭开你的星网，
容我瞻仰你光明的脸罢。

三八

秋深了！
　树叶儿穿上红衣了！

三九

水向东流，
　月向西落——
诗人，
　你的心情
　　能将她们牵住了么？

四十

黄昏——深夜
　槐花下的狂风，
　　藤萝上的密雨，
　可能容我暂止你？
病的弟弟
　刚刚睡浓了呵！

四一

小松树，

容我伴你罢，
山上白云深了！

四二

晚霞边的孤帆，
在不自觉里
完成了“自然”的图画。

四三

春何曾说话呢？
但她那伟大潜隐的力量，
已这般的
温柔了世界了！

四四

旗儿举正了，
聪明的先驱者呵！

四五

山有时倾了，
　海有时涌了。
　一个庸人的心志
　　却终古竖立！

四六

不解放的行为
　造就了自由的思想！

四七

人在廊上，
　书在膝上，
拂面的微风里
　知道春来了。

四八

萤儿自由的飞走了，
　无力的残荷呵！

四九

自然的微笑里，
　融化了
　人类的怨嗔。

五十

何用写呢？
　诗人自己
便是诗了！

五一

鸡声——

鼓舞了别人了！

他自己可曾得到慰安么？

五二

微倦的沉思里

鸽儿的弦风

将诗情吹破了！

五三

春从微绿的小草里

和青年说：

“我的光照临着你了，

从枯冷的环境中

创造你有生命的人格罢！”

五四

白昼从那里长了呢？

远远墙边的树影

都困慵得不移动了。

五五

野地里的百合花，
只有自然
是你的朋友罢。

五六

狂风里——
远树都模糊了，
造物者涂抹了他黄昏的图画了。

五七

小蜘蛛！
停止你的工作罢，
只网住些儿尘土呵！

五八

冰似山般静寂，
　山似水般流动，
诗人可以如此的支配他么？

五九

乘客呼唤着说：
　“舵工！
　　小心雾里的暗礁罢。”

舵工宁静的微笑说：
“我知道那当行的水路，
　　这就彀了！”

六十

流星——
　只在人类的天空里是光明的；

他从黑暗中飞来，
　又向黑暗中飞去，
　　生命也是这般的不分明么？

六一

弟弟！
　且喜又相见了，
　我回忆中的你，
　那能像这般清晰？

六二

我要挽那“过去”的年光，
　但时间的经纬里
　已织上了“现在”的丝了！

六三

柳花飞时
　燕子来了，

芦花飞时
　燕子又去了，
但她们是一样的洁白呵！

六四

婴儿，
在他颤动的啼声中
　有无限神秘的言语，
从最初的灵魂里带来
　要告诉世界。

六五

只是一颗孤星罢了！
　在无边的黑暗里
　已写尽了宇宙的寂寞。

六六

清绝——

是静寂还是清明？

只有凝立的城墙。

被雪的杨柳，

冷又何妨？

白茫茫里走入画图中罢！

六七

信仰将青年人

扶上“服从”的高塔以后，

便把“思想”的梯儿撤去了。

六八

当我自己在黑暗幽远的道上

当心的慢慢走着，

我只倾听着自己的足音。

六九

沉寂的渊底，

却照着

永远红艳的春花。

七十

玫瑰花的浓红

在我眼前照耀，

伸手摘将下来。

她却萎谢在我的襟上。

我的心低低的安慰我说：

“你隔绝了她和‘自然’的连结，

这浓红便归尘土；

青年人！

留意你枯燥的灵魂。”

七一

当我浮云般

自来自去的时候，

真觉得宇宙太寂寞了！

七二

郁倦的春风
只送些“不宁”来了！
　城墙——
微绿的杨柳——
　都隐没在飞扬的尘土里，
这也是人生断片的烦闷呵！

七三

我的朋友！
　倘若春花自由的开放时，
　　无意中愁苦了你，
你当原谅他是受自然的指挥的。

七四

在模糊的世界中——
　我忘记了最初的一句话，

也不知道最后的一句话。

七五

昨日游湖，
今夜听雨，
　这雨点已落到我心中的湖上，
　　滴出无数的叠纹了！

七六

寂寞增加郁闷，
　忙碌铲除烦恼——
我的朋友！
　　　快乐在不停的工作里！

七七

只坐在阶边说笑——
山上的楼台
　斜阳照着，

何曾不想一登临呢？
　清福不要一日享尽了呵！

七八

可曾有过？
　钓矶独坐——
满湖柔波
　看人春泛。

七九

我愿意在离开世界以前
　能低低的告诉他说：
　　“世界呵，
　我澈底的了解你了！”

八十

当我看见绿叶又来的时候，
　我的心欣喜又感伤了，

勇敢的绿叶呵！

记否去秋黯淡的离别呢？

八一

我独自

经过了青青的松柏，

上了层层的石阶，

祈年殿

庄严地立在黄尘里，

我——

我只能深深的低首了！

八二

我的朋友，

不要让春风欺哄了你，

花色原不如花香啊！

八三

微雨的山门下，
　石阶湿着——
只有独立的我
　和缕缕的游云，
这也是“同参密藏”么？

八四

灯下拔了剑儿出鞘，
　细看——凝想
　只有一腔豪气，
竟忘却
　血珠鲜红
　泪珠晶白。

八五

我的朋友！

倘若你忆起这一湖春水，
要记住
　他原不是温柔，
　只是这般冰冷。

八六

谈笑着走下层阶，
斜阳里——
　偶然后头红墙
　　前瞻黄瓦，
霎时间我了解什么是“旧国”了
　我的心灵从此凄动了！

八七

青年人！
　只是回顾么？
　这世界是不住的前进呵。

八八

春徘徊着来到
　这庄严的坛上——
在无边的清冷里，
只能把一丝春意，
　交付与阶隙里
　　微小的草儿了。

八九

桃花无主的开了，
　小草无主的青了，
世人真痴呵！
　为何求自然的爱来慰安呢！

九十

聪明人！
　　在这漠漠的世界上，

只能提着“自信”的灯儿
　进行在黑暗里。

九一

对着幽艳的花儿凝望，
　为着将来的果子
　只得留他开在枝头了！

九二

星儿！
　世人凝注着你了，
导引他们的眼光
　超出太空以外罢！

九三

一阵风来——
　湖水向后流了，
　　石矶向前走了，

迷网里……
我——我脑中的海岳呵！

九四

什么是播种者的喜悦呢！
　倚锄望——
　到处有青青之痕了！

九五

月儿
在天下的水镜里，
　这边光明，
　　那边黯淡，
但在天上却只有一个。

九六

“什么时候来赏雪呢？”
　“来日罢，”

"来日"过去了。

"什么时候来游湖呢?"
　"来年罢,"
　"来年"过去了。

"什么时候来工作呢?
　　来生么?"
我微笑而又惊悚了!

九七

寥廓的黄昏,
　何处着一个彷徨的我?
母亲呵!
我只要归依你,
心外的湖山
　容我抛弃罢!

九八

我不会弹琴，
　我只静默的听着；
我不会绘画，
　我只沉寂的看着；
我不会表现万全的爱，
　我只虔诚的祷告着。

九九

“幽兰！
　　未免太寂寞了，
　　不愿意要友伴么？”
　“我正寻求着呢？
　　但没有别的花儿
　　肯开在空谷里。”

一〇〇

当青年人肩上的重担
　忽然卸去时，
他勇敢的心
　便要因着寂寞而悲哀了！

一〇一

我的朋友！
　最后的悲哀
　　还须禁受，
在地球粉碎的那一日，
　幸福的女神，
　　要对绝望众生
作末一次凄感的微笑。

一〇二

我的问题——

我的心

在光明中沉默不答。

我的梦

却在黑暗里替我解明了！

一〇三

智慧的女儿！

在不住的抵抗里，

你永远不能了解

什么是人类的同情。

一〇四

鱼儿上来了，

水面上一个小虫儿飘浮着——

在这小小的生死关头。

我微弱的心

忽然颤动了！

一〇五

造物者——
倘若在永久的生命中
只容有一次极乐的应许，
我要至诚地求着：
“我在母亲的怀里，
母亲在小舟里，
小舟在月明的大海里。”

一〇六

诗人从他的心中
滴出快乐和忧愁的血，
在不知不觉里
已成了世界上同情的花。

一〇七

只是纸上纵横的字——
纵横的字，

那有词句呢?
只重叠的墨迹里
已留下当初凝想之痕了!

一〇八

母亲呵!
乳娘不应诓弄脆弱的我,
谁最初的开了
我心宫里悲哀之门呢?

——你拭干我现在的
微笑中的珠泪罢——

楼外丐妇求乞的悲声
将我的心从睡梦中
重重的敲碎了!
她将我的母亲带去了,
母亲不在摇篮边了。
这是我第一次感出
世界的虚空呵!

一〇九

夜正长呢！
　能下些雨儿也好。

窗外果然滴沥了——
　数着雨声罢！
　只依旧是烦郁么？

一一〇

聪明人，
　纤纤的月，
　　完满在后头呢！
　姑且容淡淡的云影
　遮蔽着她罢。

一一一

小麻雀！

休飞进田陇里。

陇里，

遍地弹机

正静静的等着你。

——二

浪花愈大，

凝立的磐石

在沉默的持守里，

快乐也愈大了。

——三

星星——

只能白了青年人的发，

不能灰了青年人的心。

——四

我的朋友！

不要随从我，
我的心灵之灯
只照自己的前途呵！

一一五

两行的红烛燃起了——
堂下花阴里，
隐着浅红的袷衣。
髫年的欢乐
容她回忆罢！

一一六

山上的楼窗不见了，
灯花烬也！
天风里
危岩独倚，
便小草也是伴侣了！

一一七

梦未终——
　窗外日迟迟，
　　堂前又遇见伊！
牵牛花！
　昨夜灵魂里攀摘的悲哀
　可曾身受么？

一一八

紫藤萝落在池上了，
花架下
　长昼无人，
只有微风吹着叶儿响。

一一九

诗人的心灵，
　只合颤动么？

平凡的急管繁弦，
　已催他低首了！

一二〇

“祖父千秋，
　同祝一杯酒！”
明灯下，
　笑声里，
　面颊都晕红了！

姊妹们！
　何必当初？
　　到如今酒阑人散——
　苦雨孤灯的晚上，
　　只添我些凄清的回忆呵！

一二一

世人呵！
　暂时的花儿

原不配供在永久的瓶里，
这稚弱的生机，
请你怜悯罢！

一二二

自然的话语
太深微了，
聪明人的心
却是如何的简单呵！

一二三

几天的微雨，
将春的消息隔绝了，
无聊里——
几朵枯花，
只拈来凝想，
原是去年的言语呵，
也可作今日的慰安么？

一二四

黄昏了——

　湖波欲睡了——

走不尽的长廊呵！

一二五

修养的花儿

　在寂静中开过去了，

成功的果子

　便要在光明里结实。

一二六

虹儿！

你后悔么？

　雨后的天空

　　偶然出现，

　世间儿女

已画你的影儿在罗带上了。

一二七

清晓——

静悄悄地走入园里，

万有都在睡梦中呵！

除却零零的露珠

谁是伴侣呢？

一二八

海洋将心情深深的分断了——

十字架下的婴儿呵！

隔着清波

只能有泛泛的微笑么？

一二九

朝阳下的鸟声清啭着，

窗帘吹卷了，

又听得叶儿细响——
无奈诗人的心灵呵！
不许他拿起笔儿
却依旧这般凝想。

一三〇

这时又是谁在海舟上呢？
水面黄昏
凭栏的凝眺，
山中的我
只合空想了！

一三一

青年人！
觉悟后的悲哀
只深深的将自己葬了，
原也是微小的人类呵！

一三二

花又在瓶里了，
　书又在手里了，
但——
　是今年的秋雨之夜！

一三三

只两朵昨夜襟上的玉兰，
　便将晓风和朝阳
　都深深地记在心里了。

一三四

命运如同海风——
吹着青春的舟
　飘摇的，
　　曲折的，
　渡过了时光的海。

一三五

梦里采撷的天花，
　醒来不见了——
我的朋友！
人生原有些愿望
只能永久的寄在幻想里！

一三六

涧谷里的小花
　无力的开了，
　　又无力的谢了。
便是未曾领略过春光呵，
　却也应晓得！

一三七

沉默着罢！
　在这无穷的世界上，

弱小的我
　原只当微笑
　　不应放言。

一三八

幢幢的人影，
　沉沉的烛光——
都将永别的悲哀，
　和人生之谜语，
　　刻在我最初的回忆里了。

一三九

这奔涌的心潮
　只索倩楞严来壅塞了。
无力的人呵！
　究竟会悟到“空不空”么？

一四〇

遨游于梦中罢！
在那里
　只有自由的言笑，
　　率真的心情。

一四一

雨后——
　随着蛙声，
荷盘上的水珠，
　将衣裳溅湿了。

一四二

玫瑰开花了
为着无聊的风，
　小小的水边
　　竟不想再去了。

诗人的生涯
　只终于寂寞么？

一四三

揭开自然的帘儿罢！
　艺术的婴儿，
　正卧在真理的娘怀里。

一四四

诗人也只是空写罢了！
　一点心灵——
何曾安慰到
　雨声里痛苦的征人？

一四五

我的心开始颤动了——
　当我默默的
　　敞着楼窗

对着大海
自然无声的谢我说：
“我承认我们是被爱的了。”

一四六

经验的花，
结了智慧的果，
智慧的果，
却包着烦恼的核！

一四七

绿阴下
沉思的坐着——
游丝般的诗情呵！
迷濛的春光
刚将你抽出来，
叶底园丁的剪刀声
又将你剪断了。

一四八

谢谢你！
　我的朋友！
这朵素心兰
　请你自己戴着罢。

我又何忍辞谢她？
但无论是玫瑰
　　　是香兰，
我都未曾放在发儿上。

一四九

上帝呵！
　即或是天阴阴地，
　　　人寂寂地，
　只要有一个灵魂
　　守着你严静的清夜，
　寂寞的悲哀，

便从宇宙中消灭了。

一五〇

岩下
缓缓的河流，
深深的树影——
指点着
细语着
许多诗意
笼盖在月明中。

一五一

浪花后
是谁荡桨？
这桨声
侵入我深思的圈儿里了！

一五二

先驱者！

绝顶的危峰上
　可曾放眼？
便是此身解脱，
　也应念着山下
　劳苦的众生！

一五三

笠儿戴着，
　牛儿骑着，
　　眉宇里深思着——
小牧童！
一般的沐着大地上的春光呵，
　完满的无声的赞扬，
诗人如何比得你！

一五四

柳条儿削成小桨，
　莲瓣儿造了扁舟——
容宇宙中小小的灵魂，

轻柔地泛在春海里。

一五五

病后的树阴
　也比从前浓郁了，
开花的枝头
　却有小小的果儿结着。
　我们只是改个庞儿相见呵！

一五六

睡起——
　廊上黄昏，
　　薄袖临风；
　庭院水般清，
　　心地镜般明；
　是画意还是诗情？

一五七

姊姊！

　清福便独享了罢，

　何须寄我些春泛的新诗？

心灵里已是烦忙，

　又添了未曾相识的湖山，

　　频来入梦。

一五八

先驱者！

　前途认定了

　切莫回头！

一回头——

　灵魂里潜藏的怯弱，

　要你停留。

一五九

凭栏久
　凉风渐生，
何处是天家？
　真要乘风归去！
看——
　清冷的月
　已化作一片光云
轻轻地飞在海涛上。

一六〇

自然无声的
　看着劳苦的诗人微笑：
　“想着罢！
　　写着罢！
　无限的庄严，
　　你可曾约略知道？”

诗人投笔了！
　微小的悲哀
永久遗留在心坎里了！

一六一

隔窗举起杯儿来——
落花！
　和你作别了！
　　原是清凉的水呵，
　只当是甜香的酒罢。

一六二

崖壁阴阴处，
　海波深深处，
　　垂着丝儿独钓。
鱼儿！
　不来也好，
我已从蔚蓝的水中
　钓着诗趣了。

一六三

暮色苍苍——

　远村在前，

山门在后，

黄土的小道曲折着，

　踽踽的我无心的走着。

宇宙昏昏——

　表现在前，

　消灭在后，

生命的小道曲折着，

　踽踽的我不自主的走着。

一般的遥远的前途呵！

　抬头见新月，

　深深地起了

　　不可言说的感触！

一六四

将离别——
　舟影太分明，
　四望江山青；
微微的云呵！
　怎只压着黯黯的情绪，
　　不笼住如梦的歌声？

一六五

我的朋友
　坐下莫徘徊，
照影到水中，
　累他游鱼惊起。

一六六

遥指峰尖上，
　孤松峙立，

怎得倚着树根看落日？

已近黄昏，
  算着路途罢！
衣薄风寒，
  不如休去。

一六七

绿水边
  几双游鸭
  几个浣衣的女儿，
在诗人驴前
  展开了一幅自然的图画。

一六八

朦胧的月下——
  长廊静院里，
不是清磬破了岑寂，
  便落花的声音

也听得见了。

一六九

未生的婴儿，

从生命的球外

攀着“生”的窗户看时，

已隐隐地望见了

对面的“死”的洞穴。

一七〇

为着断送百万生灵

不绝的炮声，

严静的夜里，

凄然的将捉在手里的灯蛾

放到窗外去了。

一七一

马蹄过处，

　蹴起如云的尘土；
据鞍顾盼，
　平野青青——
只留下无穷的怅惘罢了，
　英雄梦那许诗人做？

一七二

开函时——
　正席地坐在花下，
一阵凉风
　将看完的几张吹走了。
我只默默的望着，
　听他吹到墙隅，
慰悦的心情
　也和这纸儿一样的飞扬了！

一七三

明月下
　绿叶如云，

白衣如雪——
怎样的感人呵！
又况是别离之夜？

一七四

青年人！
珍重的描写罢，
时间正翻着书页，
请你着笔！

一七五

我怀疑的撒下种子去，
便闭了窗户默想着。
我又怀疑的开了窗，
岂止萌芽？
这青青之痕
还滋蔓到他人的园地里。

上帝呵！

感谢你"自然"的风雨!

一七六

战场上的小花呵!
　赞美你最深的爱!
冒险的开在枪林弹雨中,
　慰藉了新骨。

一七七

我的心忽然悲哀了!
　昨夜梦见
　　独自穿着冰绡之衣,
　从汹涌的波涛中
　　渡过黑海。

一七八

微阴的阶上,
　只坐着自己——

绿叶呵！

　玫瑰落尽，

诗人和你

　一同感出寂寥了。

一七九

明月！

　完成了你的凄清了！

银光色的田野里，

　是谁隔着小溪

　吹起悠扬之笛？

一八〇

婴儿！

谁像他天真的颂赞？

　当他呢喃的

　　对着天末的晚霞。

　无力的笔儿

　真当抛弃了。

一八一

襟上摘下花儿来，
　匆匆里
　就算是别离的赠品罢！

马已到门前了，
　要不是窗内听得她笑言，
　　错过也
　又几时重见？

一八二

别了——
　春水！
感谢你一春潺潺的细流，
　带去我许多意绪。

向你挥手了，
缓缓地流到人间去罢！

我要坐在泉源边，
静听回响。

三，五——六，十四，一九二二

附 录

我是怎样写《繁星》和《春水》的

冰　心

“五四”以后，在新诗的许多形式中，有一种叫做“短诗”或“小诗”的。这种诗很短，最短的只有两行，因为我写过《繁星》和《春水》，这两本集子里，都是短诗，人家就以为是我起头写的。现在回忆起来，我不记得那时候我读过多少当代的别人的短诗没有，我自己写《繁星》和《春水》的时候，并不是在写诗，只是受了泰戈尔《飞鸟集》的影响，把自己许多“零碎的思想”，收集在一个集子里而已。

经过是这样的：“五四”运动的时候，我还在大学预科，新文化的高潮中，各种新型的报刊多如雨后春笋，里面不但有许多反帝反封建的文章论著，也有外国文学的介绍批评，以及用白话写的小说、新诗、散文等。在我们求知欲最旺盛的时候，我们在课外贪婪地阅读这些书报，就是在课内也往往将这些书报压在课本底下，公开地“偷看”，遇有什么自己特别喜欢的句子，就三言两语歪歪斜斜地抄在笔记本的眉批上。这样做惯了，有时把自己一切随时随地的感想和回忆，也都拉杂地三言两语歪歪斜斜地写上去。日子多了，写下来的东西也有相当的数量，虽然大致不过三五行，而这三五行的背后，总有些和你有关的事情，看到这些字，使你想起很亲切很真实的情景，而舍不得丢掉。

这时我偶然在一本什么杂志上，看到郑振铎译的泰戈尔《飞鸟集》连载，（泰戈尔的诗歌，多是采用民歌的形式，语言美丽朴素，音乐性也强，深得印度人民的喜爱。当他自己将他的孟加拉文的诗歌译成英文的时候，为要保存诗的内容就不采取诗的分行的有韵律的形式，而译成诗的散文。这是我以后才知道的。《飞鸟集》原文是不是民歌的形式，我也不清楚。）这集里都是很短的充满了诗情画意和哲理的三言两语。我心里一动，我觉得我在笔记本的眉批上的那些三言两语，也可以整理一下，抄了起来。在抄的时候，我挑选那些更有诗意的，更含蓄一些的，放在一起，因为是零碎的思想，就选了其中的一段，以繁星两个字起头的，放在第一部，名之为《繁星集》。

泰戈尔的《飞鸟集》是一本诗集，我的《繁星集》是不是诗集呢？在这一点上我没有自信力，同时我在写这些三言两语的时候，并不是有意识地在写诗，（我上新文学的课，也听先生讲过希腊的小诗，说是短小精悍，像蜜蜂一样，身体虽小却有很尖利的刺，为讽刺或是讲些道理是一针见血的等等。而我在写《繁星》的时候，并没有想到希腊小诗。）所以我在一九三二年写的《全集自序》中，曾有这么一段：

> 谈到零碎的思想，要连带说一说《繁星》和《春水》……《繁星》、《春水》不是诗，至少是那时的我，不在立意作诗。我对于新诗，还不了解，很怀疑，也不敢尝试。我以为诗的重心，在内容而不在形式，同时无韵而冗长的诗，若是不分行来写，又容易与诗的散文相混。我写《繁星》，正如跋言中所说，因着看泰戈尔的《飞鸟集》，而仿用它的形式，来收集我的零碎的思想……这是小杂感一类的东西……

现在，我觉得，当时我之所以不肯称《繁星》、《春水》为诗的原故，因为我心里实在是有诗的标准的，我认为诗是应该有格律的——不管它是新是旧——音乐性是应该比较强的。同时情感上也应该有抑扬顿挫，三言两语就成一首诗，未免太单薄太草率了。因此，我除了在二十岁前后，一口气写了三百多段“零碎的思想”之外，就再没有像《繁星》和《春水》这类的东西。

以后，在一九二一年二月，我在西山写了一段短小的散文《可爱的》，寄到《晨报副镌》去，登出的时候，却以分行的诗的形式排印了，下面还附有编者的按语，是：

> 这篇小文很饶诗趣，把它一行行地分写了，放在诗栏里，也没有不可（分写连写本来无甚关系，是诗不是诗，须看文字的内容），好在我们分栏，只是分个大概，并不限定某栏必当登载怎样怎样一类的文字；杂感栏也曾登过极饶诗趣的东西，本栏与诗栏，不是今天才打通的。

于是，我才开始大胆地写些新诗，有的是有韵的，也有的是无韵的，不在这篇题目之内，暂且不去提它了。

以上把《繁星》、《春水》的写作历史交代过，现在我自己重翻这两本东西，觉得里面有不少是有韵的，诗意也不算缺乏，主要的缺点——和我的其他作品一样——正如周扬同志所说的："新诗也有很大的缺点，最根本的缺点就是还没有和劳动群众很好的结合。"也就是说当时的我，在轰轰烈烈的反帝反封建的伟大斗争时代，却只注意到描写到身边琐事，个人的经验与感受，既没有表现劳动群众的情感思想，也没有用劳动群众所喜爱熟悉的语言形式。音乐性还是重要的，劳动人民在情感奔放的时候，唱出的总是有韵的，我还没有读过工农兵写的无韵的诗。至于形式的短小，却不是一个缺点，现在绝大多数的民歌，不就是在短小的四句之中，表现出伟大的革命气魄和崇高的共产主义精神么？劳动群众的诗，短小而不单薄，豪迈而不草率，此中消息，还得从诗人的思想意识里去挖！

一九五九年三月十八日

（最初发表于《诗刊》一九五九年四月二十五日第四期，后收入散文集《我们把春天吵醒了》）

图书在版编目(CIP)数据

繁星;春水／冰心著. －北京:北京燕山出版社,2017.10
ISBN 978－7－5402－4725－6

Ⅰ.①繁… Ⅱ.①冰… Ⅲ.①诗集－中国－现代 Ⅳ.①I226

中国版本图书馆 CIP 数据核字(2017)第257136号

繁星　春水

冰心 著
丛书主编／陈子善
策　　划／赵东明
责任编辑／尚燕彬　金　东
装帧设计／小　贾　张　佳

北京燕山出版社出版发行
北京市丰台区东铁营苇子坑路138号嘉城商务中心C座　邮编100079
全国新华书店经销
北京市松源印刷有限公司印刷

开本 787×1092　1/32　印张 5　插页 4　字数 90,000
2018年10月第1版　2018年10月第1次印刷

定价:38.00元